La procesión de Naty

Gina Freschet

Traducción de Rita Guibert

Mirasol / *libros juveniles* • Farrar Straus Giroux • New York

Para mi padre, Ferucio, y sus nietos

La Guelaguetza es una fiesta cultural de bailes folklóricos de las siete regiones
de Oaxaca en el sur de México. Se celebra los dos últimos lunes de julio.

Library of Congress Cataloging-in-Publication Data
Freschet, Gina.
    [Naty's parade. Spanish]
    La procesión de Naty / Gina Freschet ; traducción de Rita Guibert. — 1st ed.
        p.   cm.
    Summary: Naty is excited to be dancing in the fiesta parade, until she gets lost
in the city streets and cannot find the parade again.
    [1. Parades—Fiction. 2. Festivals—Fiction. 3. Lost children—Fiction.
4. Spanish language materials.] I. Title.
[PZ73.F715   2000]
[E]—dc21   99-22383

En el camino al pueblo reinan la animación y el alboroto.

—¡Papá!—exclama Naty—. ¡Mira a los bailarines de plumas!
¿Vienen ellos a la fiesta?

—Viene todo el mundo—dice Papá.

—Después de todo, es la Guelaguetza—dice el viejo José,
su vecino—. La gente llega de todas partes.

—Cuando era niño, yo era un cactus en la procesión—le dice el viejo José a Naty.

Ella frunce el ceño. —Pero un cactus no puede bailar.

—Este lo hacía. Algunos piensan que bailando se mantiene el mundo en equilibrio.

—Hoy bailaré en la procesión—dice Naty—. Y también tengo botas nuevas.

Durante todo el día el pueblo se llena de alegres forasteros.
Naty y su papá siguen a la multitud hacia donde comenzará la
procesión. En las calles hay bueyes que llevan anillos grandes
como pulseras en sus narices húmedas.

Las niñas piña llegaron del norte para hacer el Baile de la Piña.
Y las niñas girasoles del sur sonríen como mariposas.
Luego sigue la Danza del Pescado. Los hombres peces lanzan
redes para pescar la multitud, y todos ríen como pececillos plateados.

Papá ayuda a Naty a ponerse el disfraz. Le da un regalo. Un pequeño silbato en forma de pájaro que le cabe en el bolsillo.
—Ahora—le dice—, puedes ir y espera con el pueblo de los títeres. Naty, compórtate como un buen ratón, yo te esperaré donde termina la procesión.

La música comienza a convocar a toda la gente y los perros de los techos comienzan a ladrar.

Las trompetas suenan *¡ta-ta-ta!*

El viejo José toca su violín. *¡Zing-zing-zing!*

Y Oscar, el amigo de Naty, golpea un gran tambor. *¡Bum-bum-bum!*— igualito a su corazón.

Naty marcha con el pueblo de los títeres, erguida como los postes de alumbrado. Todos bailan y giran y se chocan unos contra otros. —¡Soy el único ratón que baila en la procesión!—canta Naty.

Ella practicó todo el año para bailar como un ratón. Quiere girar más rápido que nadie. Da vueltas y vueltas hasta que sus pies se levantan del suelo. Veloz como una araña, gira y baila y gira y gira hasta quedar tan mareada que casi se cae.

Su pequeño silbato de cerámica sale volando. Naty da vueltas y se interna en un callejón para buscarlo. Ahí está . . . le da un soplido.

Pero luego ve . . .

¡Ay, caramba! ¡Naty se perdió!

La música rebota en las paredes llamándola desde los callejones, pero no puede encontrar la procesión.

En la esquina, una anciana hace tortillas.—¿Abuela,
dónde es la procesión?—pregunta Naty.

Pero la anciana le dice:—Espera, tu debes ser un ratón
hambriento—. Y le ofrece un pedazo de queso.

—No, gracias—dice Naty—. Estoy apurada—. Y se va.

Cuando sale corriendo la tiran de la cola.

—¡No, no, perro! ¡Suelta! ¡Suelta! ¡Tengo que encontrar la procesión!

Siguiendo el sonido de la música llega hasta una puerta. Pero es sólo una radio. Adentro trabaja un viejo zapatero.

—¿Señor, dónde es la procesión?

—Espera un minuto. ¿Te gustaría que te lustre las botas?—le pregunta.

—No tengo tiempo—dice Naty—. Debo apurarme. Además, ¡son nuevas!

Cae la noche. De las sombras surgen colas serpenteantes y
ojos verdes. Hay muchos gatos. Están al acecho y parecen estar
hambrientos.

Pero Naty exclama:—¡Soy el ratón más grande del valle!—y
sopla su silbato.

—¡Adiós, gatos! ¡Váyanse!

Ahora está oscuro.

Ella va por los callejones siguiendo sombras y sonidos. Hay puertas en el cielo y estrellas en el suelo.

Cuando está a punto de llorar, Naty se dice: —¡Yo sé, yo *sé*, cómo encontrar mi camino!

Luego ve el local donde hacen las piñatas. Y la señal del *Frog Burger*. Y ahí está la peluquería donde le cortan el pelo a Papá.

—¡Sí, sí, sí!

Primero dobla a la derecha y después dobla a la izquierda.

Y ahora Naty oye:
¡Bum-bum-bum!
Es el tambor de Oscar.
    ¿Y eso que huele son palomitas?
Sí, por cierto son palomitas.
    Dobla una esquina y exclama:—
¡Mira!

Los niños caballitos avanzan cabriolando.

¡Naty encontró la procesión!

Comienza a girar . . . luego reflexiona:—"Será mejor que no lo haga."

Todos los caballitos son de color oscuro menos el del medio. Su jinete lleva hebillas plateadas que adornan las perneras del pantalón. Se le ve tan orgulloso.

—Algún día—dice Naty—usaré hebillas plateadas y montaré el caballito blanco. Pero ahora estoy contenta. Yo, el ratón bailarín, encontré la procesión.

Finalmente todos llegan a la plaza. La gente grita y aplaude
y vitorea. Como lo hacen año tras año.

¿Pero dónde está Papá?

La plaza desborda de risas y luces. El juego del dragón sube,
cada vez más y más alto. Las niñas gritan.

Los títeres se chocan y saltan. Los caballitos están girando. Repican las campanas de los juegos y de las iglesias. Naty sopla el silbato.

—¿Papá, dónde estás?—Pero nadie la puede oir.

Luego se le levanta el disfraz.
¡Qué bueno es sentir el aire!
—Ahí, Naty—. ¡Es Papá!—¿Te divertiste?

—¡Oh, sí! ¿Podemos hacerlo otra vez?

—Claro—le dice riéndose—. Por supuesto. Cada año. Ahora debes tener hambre. ¿Qué es lo que quiere comer mi ratón favorito?

Hay tantos confites diferentes.

Los niños espantan las abejas de las pilas de confites. La vendedora de pasteles baila al ritmo del mambo de los muchachos marimba. Hay mujeres que venden chapulines fritos—de veras, eso es lo que hacen.

Naty quiere un *hotcake* con mermelada de fresas.
Es su pastel favorito.

Luego todos los músicos
y los bailarines
y las carrozas
y los bueyes
y los caballitos
y los títeres
(excepto Naty)
se marchan hacia otra parte del pueblo.

—Algún día—dice Naty—seré lo suficientemente grande para marchar con ellos.

—Algún día—dice Papá.

La música se desvanece.

—Algún día—repite Naty bostezando.
Pero por ahora
es hora de ir a casa
y soñar toda la noche
con caballitos de ensueño.